Tucholsky Wagner Zola Scott Sydow Freud Schlegel
Turgenev Fonatne
Wallace
Twain Walther von der Vogelweide Fouqué Friedrich II. von Preußen
Weber Freiligrath Frey
Kant Ernst
Fechner Fichte Weiße Rose von Fallersleben Richthofen Frommel
Hölderlin
Engels Fielding Eichendorff Tacitus Dumas
Fehrs Faber Flaubert
Eliasberg Ebner Eschenbach
Feuerbach Maximilian I. von Habsburg Fock Eliot Zweig
Ewald Vergil
Goethe Elisabeth von Österreich London
Mendelssohn Balzac Shakespeare Dostojewski Ganghofer
Lichtenberg Rathenau Doyle Gjellerup
Trackl Stevenson Hambruch
Mommsen Tolstoi Lenz Droste-Hülshoff
Thoma Hanrieder
Dach von Arnim Hägele Hauff Humboldt
Reuter Verne
Karrillon Garschin Rousseau Hagen Hauptmann Gautier
Damaschke Defoe Hebbel Baudelaire
Descartes
Hegel Kussmaul Herder
Wolfram von Eschenbach Schopenhauer
Darwin Dickens Rilke George
Bronner Melville Grimm Jerome
Campe Horváth Aristoteles Bebel Proust
Bismarck Vigny Barlach Voltaire Federer Herodot
Gengenbach Heine
Storm Casanova Tersteegen Gilm Grillparzer Georgy
Lessing Gryphius
Chamberlain Langbein
Brentano Lafontaine
Strachwitz Claudius Schiller Kralik Iffland Sokrates
Bellamy Schilling
Katharina II. von Rußland Gerstäcker Raabe Gibbon Tschechow
Löns Hesse Hoffmann Gogol Wilde Gleim Vulpius
Luther Heym Hofmannsthal Morgenstern
Roth Klee Hölty Goedicke
Heyse Klopstock Kleist
Luxemburg Puschkin Homer Mörike
La Roche Musil
Machiavelli Horaz
Navarra Aurel Musset Kierkegaard Kraft Kraus
Nestroy Marie de France Lamprecht Kind Kirchhoff Hugo Moltke
Laotse Ipsen Liebknecht
Nietzsche Nansen
Marx Ringelnatz
von Ossietzky Lassalle Gorki Klett Leibniz
May
vom Stein Lawrence Irving
Petalozzi Knigge
Platon
Sachs Poe Pückler Michelangelo Kock Kafka
Liebermann Korolenko
de Sade Praetorius Mistral Zetkin

La sirène Souvenir de Capri

Gustave Toudouze

Mentions légales

Cette œuvre fait partie de la série TREDITION CLASSICS.

Auteur: Gustave Toudouze
Conception de couverture: toepferschumann, Berlin (Allemagne)

Editeur: tredition GmbH, Hambourg (Allemagne)
ISBN: 978-3-8491-3646-8

www.tredition.com
www.tredition.de

GUSTAVE TOUDOUZE

LA SIRÈNE

SOUVENIR DE CAPRI

Paris

E. Dentu, Éditeur

LIBRAIRE DE LA SOCIÉTÉ DES GENS DE LETTRES
Palais-Royal, 17 et 19, Galerie d'Orléans.

MDCCCLXXV

* * * * *

A MON AMI ET CHER CAMARADE JULES LECOMTE DU NOUŸ

Souvenir reconnaissant.

GUSTAVE TOUDOUZE.

Octobre 1874.

* * * * *

LA SIRÈNE

I

C'est le matin: Naples s'éveille sous les premiers baisers du soleil. Mille cris se heurtent et se croisent déjà, les gestes le disputant en vivacité aux paroles.

Nus comme la main, des bambins se roulent sur les dalles, rongeant un fruit, s'arrachant un jouet, courant après le sou du passant généreux ou du *forestiere* charmé de leur bonne mine. Sales, la figure barbouillée et les cheveux en broussailles, ils ont les chairs merveilleuses, le ton et la forme des enfants peints par Raphaël. A quelques pas, leurs mères et leurs sœurs, assises auprès d'un panier de fruits ou surveillant un fourneau allumé pour cuire le macaroni, se coiffent en plein air, faisant gravement la chasse à un insecte importun, lissant leurs cheveux et n'interrompant la natte commencée que pour crier leur marchandise, invectiver une voisine ou administrer une taloche à un marmot récalcitrant. Sur toute la longueur du quai, adossées au parapet qui borde le golfe, du Fort de l'Œuf au Palais du Roi, se dressent les légères boutiques à claire-voie où l'on débite les *fiori* et les *frutti di mare*, coquillages, poissons, mollusques encore vivants, qui grouillent pêle-mêle dans les baquets pleins d'eau de mer. A travers la foule des marchands, des flâneurs napolitains et des étrangers, les cochers lancent à toutes brides leurs chevaux sans écraser un enfant ni renverser un étalage, et ne se font pas faute d'interpeller les passants. De temps en temps s'avance plus calme un paysan conduisant une voiture de légumes; le mulet secoue gaiement son collier dont les cuivres étincellent, et un carillon de sonnettes suit chaque mouvement de sa tête.

Mais comment ne point pardonner à ce quai Santa-Lucia sa saleté et son tapage, son peuple remuant et criard, son encombrement et ses puces, en le voyant, exubérant de vie et de gaieté, baigné par le soleil, s'étendre paresseusement en face du Vésuve, s'allonger avec une sorte de volupté au bord du golfe magique dont les eaux bleues le caressent?

Descendants des fameux lazzaroni, peut-être même leurs fils, des pêcheurs, étendus à plat ventre sur la crête du parapet, dorment ou causent, et par moments jettent un regard nonchalant sur le petit bateau à vapeur, encore amarré au quai, en partance pour Capri; de grands gamins, vêtus d'un lambeau de chemise ou culottés d'une loque de pantalon maintenue sur l'épaule par une bretelle en corde, fixent leurs yeux noirs du même côté.

La cloche tintait à coups précipités, lançant dans la pureté de l'air sa note stridente, et les ondes sonores allaient, s'élargissant, porter au loin l'appel monotone du bateau. S'échappant avec un sifflement aigu, une sorte de cri déchirant et prolongé, la vapeur mêlait son nuage impalpable à l'épaisse fumée noire vomie par le tuyau principal, pendant que la machine haletait et rugissait, communiquant ses trépidations à toute la membrure de la *Speranza*. Quelques voyageurs français, des touristes anglais, gouailleurs à la mine épanouie, farceurs aux traits gourmés et impassibles, s'amusaient à lancer dans l'eau des pièces de monnaie, et une dizaine de jeunes Napolitains de dix à seize ans, complètement nus, nageaient et plongeaient autour du vapeur, à la recherche de cette manne de nouvelle espèce. Les passagers joignaient leurs rires aux cris, aux lazzis, aux provocations comiques de ces tritons bruns et agiles qui s'ébattaient dans l'écume de la vague, enveloppant de leurs jeux les flancs polis et glissants du bateau.

Ce tapage aquatique avait un indifférent: le marin en long bonnet de laine qui frappait sans relâche la cloche d'appel, n'écoutant rien, ni les réclamations des voyageurs impatients, ni les plaintes des passagères nerveuses, et attendant patiemment l'ordre du capitaine. Celui-ci, appuyé au bastingage, fumait lentement un long cigare traversé d'une paille. Quand il avait fini de suivre des yeux la bouffée odorante qui tourbillonnait autour de sa tête, il fixait son attention sur le quai inondé d'une éblouissante nappe de soleil, et alternait avec philosophie cette contemplation monotone.—Jetant tout à coup son cigare, il se redressa; la cloche cessa de tinter et la dernière vibration mourut peu à peu dans la mer.

Deux jeunes gens, sortis de l'une des maisons situées sur le quai, se dirigeaient vers le golfe, suivis du *facchino* porteur de leurs sacs de voyage. A peine eurent-ils mis le pied sur la *Speranza* que le bâtiment changea d'allure: les trépidations, après avoir atteint leur paroxysme, cessèrent subitement; le panache de fumée roula sur lui-même, plus noir, plus acre, plus épais, s'abattant de façon à masquer aux voyageurs une partie du quai. Puis, les roues battant les eaux du golfe, le vapeur décrivit un quart de cercle, chassant devant lui la troupe de nageurs dont il était enveloppé, et s'élança, traçant un sillon écumeux dans la mer étendue entre le Pausilippe et le cap Campanella. Quelques nageurs, les plus vigoureux, le suivirent un instant par bravade; leur groupe s'éclaircit de minute en minute; tous abandonnèrent la poursuite: la *Speranza* marchait droit sur Capri.

Imprégnée de senteurs fortifiantes, la brise marine tempérait la chaleur naissante du jour, agitant même par moments la toile étendue au-dessus des voyageurs pour les protéger contre l'action trop directe de ce ciel de feu. Le bateau semblait creuser une mer de lapis-lazuli, et filait, laissant derrière lui, comme une traînée d'argent, les seules vagues qui parvinssent à rider la surface du golfe.

Debout à l'avant, plongés dans une admiration extatique, les deux jeunes gens arrivés en dernier lieu ne disaient mot, regardant avec avidité, avec religion, le magique spectacle qui se déroulait tout autour d'eux à mesure qu'ils avançaient en mer.

Derrière, ils laissaient Naples et ses étages de maisons pittoresquement groupées, que dominent majestueusement le fort Saint-Elme, le couvent San-Martino, les jardins verdoyants de Capodimonte. A gauche, la mer baignait les maisons peintes en rouge de Portici et le pied du Vésuve avec Herculanum, Resina, autant d'harmonieuses taches de couleur mariées au bleu de la vague. On apercevait Torre del Greco, si souvent ravagée par le passage des laves; Torre dell'Annunziata, dont les toits curieux et les terrasses, où sèchent le maïs et le blé, ont un aspect égyptien. Comme un défi de la civilisation, une bravade du progrès, le chemin de fer serpente au bord de la mer, se frayant un passage entre des couches de lave superposées, et sa ligne, moitié blanche, moitié noire, faisait une ceinture à la montagne. En haut, imperceptible fumée, une vapeur dessinait les contours du terrible cratère: le géant sommeillait, toujours prêt au plus effrayant des réveils. A droite se creusait le golfe dans sa merveilleuse beauté, montrant tour à tour, avec une espèce de coquetterie, ses rochers, ses villas, Mergellina, la longue plage de sable fouillée par les pêcheurs, les cabanes de bois, les barques sur le flanc, les ruines pittoresques du palais de la reine Jeanne; puis, cette route splendide qui de Naples gagne le Pausilippe et le tourne pour rejoindre Pouzzoles, Baïes, Misène: les figuiers aux larges feuilles, les cactus, les pins, en ombragent une partie, laissant voir la blancheur d'un mur, l'étincellement d'un toit, à travers la verdure sombre des arbres; enfin le Pausilippe, qui semble vouloir saisir et presser le flot entre ses rochers anguleux et l'île de Nisida.

Penchés en dehors du bordage, nos deux voyageurs se montraient ces merveilles, les mains étendues comme pour les toucher et convaincre leurs yeux de la réalité du spectacle; parfois, las d'admirer en silence, ils causaient. Leurs paroles étaient graves, basses et émues par la vénération ressentie: un certain écrasement de cette beauté pesait sur eux, les laissant quelquefois interdits, pâles de bonheur et d'enivrement; puis l'enthousiasme les secouait de sa magnifique frénésie, et des exclamations irrésistibles, ardentes de jeunesse, partaient de leurs lèvres, de leurs cœurs, pour ainsi dire. Isolés des autres passagers, se tenant par la main pour mieux se communiquer leurs impressions, Paul Maresmes et Julien Danoux restaient perdus dans cette contemplation: aucun bruit, aucune voix n'eût pu les arracher à leur extase; il leur semblait être dans un monde étranger, quelque pays de leur création où l'humanité ne les suivait pas. Peintre et poëte sentaient de la même façon, et cette admiration, sorte de magnétisme émané du milieu où ils se trouvaient, transfigurait leurs visages, y imprimant comme un reflet de ces mille beautés, toutes concourant à ce but sublime, le beau absolu.

Quelques vieux passagers les regardaient avec sympathie, envieux de cette ardeur, et croyant sans doute revoir leur propre jeunesse, à certains accents, à de belles et touchantes illusions, vainement cherchées plus tard, quand les yeux voient moins bien et que le cœur sent moins vivement.

Paul Maresmes, grand jeune homme blond, très-distingué d'allures sous le négligé de son costume de voyage, attirait par la franchise de sa physionomie: une longue moustache blonde ornait seulement son visage naturellement pâle et un peu féminin dans les contours. L'œil, très-bleu, semblait regarder plus loin que la vie matérielle, plus loin que l'objet, et fouillait volontiers les horizons. Paul était né poëte, avec ce tempérament nerveux, impressionnable, presque maladif, particulier à certains amants de la muse. Souvent, plongé dans ses réflexions ou emporté par quelque rêverie, il se laissait entraîner hors de toute limite matérielle, suivant son rêve au delà du possible, et finissant par en faire une réalité qu'il voulait adapter aux choses de la vie. C'est alors que son ami venait à son secours, le ramenant sur la terre et s'efforçant de chasser de semblables mirages. Julien Danoux, plus petit que le poëte, brun de cheveux et de barbe, le visage coloré et les yeux vifs, était aussi plus réaliste, plus amoureux de la nature: sa profession de peintre le rapprochait davantage de la terre; il aimait ce qu'il voyait et ne suivait son compagnon dans les nuages que pour le faire revenir au sentiment naturel, au terre à terre prosaïque de la vie de chaque jour.

Tous deux avaient quitté Paris pour une longue excursion en pays italien; Paul, avec plusieurs rames de papier blanc, d'excellentes plumes et des projets de poëmes gigantesques; Julien, muni de toiles blanches, de couleurs, de pinceaux, et rêvant des tableaux cyclopéens. S'entendant à merveille, nos amis se trouvaient toujours d'accord pour admirer les belles choses et maudire le laid. Ils déclarèrent Turin une ville assommante, malgré son musée, en voyant ses rues tirées en ligne droite et aboutissant toutes à un centre commun. Il fallut Milan pour réhabiliter l'Italie à leurs yeux, et ils n'auraient pu quitter Venise, Saint-Marc, les gondoles et les Paul Véronèse, s'ils n'avaient eu en perspective Florence, la cité des fleurs et des chefs-d'œuvre, la patrie des Guelfes et des Gibelins. De Florence à Rome, de Rome à Naples, ils avaient regardé, chanté et peint sans trêve ni repos. Leur dernier rêve avant le retour à Paris, passer une quinzaine de jours à Capri, allait se réaliser: le bateau les y conduisait.

«Ami, disait Paul, quel merveilleux spectacle, que de souvenirs autour de nous, quel monde passé nous enveloppe de sa mémoire!

jusqu'à ce ciel que le Vésuve a souillé de ses cendres, le jour où il a détruit Pompéi, jusqu'à ce rivage lointain où Pline succomba! Auguste et Tibère sont venus mourir ici, et leurs âmes errantes reviennent peut-être visiter ces rivages Là-bas, le Pausilippe avec le tombeau de Virgile; de l'autre côté, Sorrente, le berceau du Tasse. Il faut aux rêveurs cette vue de la mer, cet aperçu sur l'étendue; et la cendre glacée du poëte ami de Mécène doit encore tressaillir, quand souffle la tempête, quand la vague vient battre le rocher où il repose, et que les hurlements de la rafale clament sur son mausolée! Plus loin, n'est-ce pas la petite île de Nisida?

—Oui, Nisida, avec les débris des réservoirs du fastueux Lucullus. Asinius Pollion y possédait aussi des piscines, où ses voraces murenes étaient délicatement nourries de chair humaine.

—Ne rappelle pas ces affreux souvenirs.

—L'histoire, mon ami, l'histoire dans toute sa crudité!

—Julien, peux-tu songer à cela au milieu de cette magie de la nature?

—Magie! tu as raison: n'est-ce pas désespérant pour un peintre, reprenait le jeune homme désignant les silhouettes d'Ischia et de Procida, de voir un bleu semblable? Comment rendre cette finesse, cette incroyable transparence, et les fixer sur la toile? Essayez un peu de peindre, comme vous les voyez, l'aspect glauque de la mer, l'or du ciel et les tons d'outremer de ces îles!

—Contente-toi d'admirer.

—J'admire, mais je rage de me sentir aussi impuissant.

—Regarde maintenant la nouvelle figure que présente Capri.

«Nous arriverons bientôt: la distance diminue à vue d'œil.»

Cependant, au fond du golfe, Naples se concentrait de plus en plus, se tassait, formant un amas compacte de villas et de maisons: tout se confondait en une longue tache blanche, couronnée par la masse vert sombre de Capodimonte. Au contraire, enlace, grandissait l'île de Capri, séparée en deux par un creux profond et dressant à une hauteur inouïe ses rochers, ses pics et ses montagnes. C'était toujours l'île décrite par Suétone comme inaccessible à cause de l'élévation de ses rochers et de l'abîme des mers qui l'encerclaient de toutes parts.

Son aspect rocheux, abrupt, presque farouche, disparaissait peu à peu: déjà apparaissaient des bouquets d'arbres et de verdure; des maisonnettes se dressaient, éclatantes de blancheur sous la lumière vigoureuse du soleil. Une verdoyante vallée, tachée de points blancs, de plaques lumineuses, reliait maintenant les deux énormes blocs qui composent l'île. Bientôt la *Speranza* fut en vue de la Grande Marine, devant son étroit rivage bordé de barques tirées à sec et de maisonnettes au toit plat; la plage se couvrit de pêcheurs, de gamins et principalement de femmes. Ce sont elles qui font tous les gros ouvrages, et même servent de maçons, portant le plâtre et les outils; elles sont grandes, fortes, parfaitement découplées, avec l'air un peu fier.

A peine débarqués, les voyageurs se virent enlever leur bagage par l'une de ces femmes, et dix noms d'hôtels ou de maisons meublées leur furent criés aux oreilles, plus peut-être qu'il n'y avait d'endroits habitables à Capri!

Albergo della Luna!

Albergo di Tiberio!

Albergo della Croce!

«*Albergo di Tiberio!* s'exclama Julien en frappant sur l'épaule de son ami. Que dis-tu de cela? Quelle couleur locale! Veux-tu être l'hôte d'un empereur romain? et de quel prince, Tibère!

— Allons chez Tibère! reprit Paul avec un sourire: on le dit bon vivant, puisque ses soldats le traitaient de *Biberius*, de *Caldius* et de *Mero*.

— Tu veux fréquenter un ivrogne, toi un poëte!

— Me crois-tu incapable d'apprécier sa cave, et les poëtes n'ont-ils pas toujours chanté le vin?

— Comment résister au désir de banqueter chez César, la coupe en main, le front couronné de roses et de myrtes?

— Et puis le temps aura sans doute adouci sa farouche humeur.

— Il n'écorchera plus que notre bourse.

—Va pour l'auberge de Tibère; en route!»

La femme se mit en marche, suivie des deux amis, tous trois gravissant l'étroit chemin, presque un escalier, qui de la Marine conduit à Capri, entre une baie continuelle d'arbustes exotiques et de plantes épineuses aux feuilles épaisses.

«On se croirait en Afrique, dit Julien, qui évitait les pointes menaçantes d'un aloès gigantesque pour aller se heurter à un cactus aux larges raquettes garnies de piquants, et je crains de tomber tout à l'heure dans un douar arabe gardé par des fusils damasquinés et des burnous.

—Afrique ou Asie, nous sommes en Orient, répondit Paul, montrant les premières maisons de la ville; regarde plutôt ces maisons basses et carrées que l'œil peut fouiller dans leurs moindres coins: est-ce encore l'Italie ou bien le Caire? Quel étrange et curieux pays!

—La chaleur est également digne du climat africain!»

Julien s'épongeait le front avec son mouchoir et essayait de s'éventer en agitant son chapeau.

«On ne respire pas, et je n'ai d'autre désir que de m'étendre à l'ombre, de boire et de dormir.

—Tibère nous donnera satisfaction.

—Une simple coupe de falerne.

—Pourquoi pas du cécube ou du massique?

—Je préférerais peut-être ce vin de Setia qui pétille dans le verre.

—Bah! mon cher, que nous fait le nom dont l'hôte baptisera son *capri rosso* ou son *capri bianco*?

—Tu ne le dédaignais pas à Naples, où on le fabrique.

—Quel parfum peut bien avoir le cru véritable?

—Un bouquet princier.

—Salut à César! nous sommes arrivés.»

La fameuse auberge n'était qu'une maison un peu plus grande que les autres. On leur apporta des rafraîchissements, et, au bout de quelques minutes, ils commençaient à reprendre haleine et à respirer plus librement.

«Patron, demanda tout à coup Julien à l'hôte qui s'empressait autour d'eux, connaissez-vous Tibère?

— *Tiberio? Sì signor!* Parfaitement.

— Ah! ah! Vous en descendez peut-être?

— Le *signor* veut rire: un si grand empereur et moi un pauvre aubergiste; du reste je ne suis pas de l'île, je suis né à Sorrente.

— Pourquoi avez-vous donné ce nom de Tibère à votre auberge?

— A cause de ma femme.

— Comment! votre femme est parente de l'empereur romain? Elle possède un
César parmi ses ancêtres?

— *Sì signor*, elle descend directement de l'une des femmes de Tibère.

— Une de ses maîtresses?

— C'est un grand honneur chez nous, et personne ne conteste à ma femme cette illustre origine.

— Où diable la vanité va-t-elle se nicher! reprit Julien en riant.

— Tu vois donc, dit Paul, que nous sommes un peu chez Tibère dans cette bicoque.

— Dame! s'il faut en croire l'aubergiste et le sang princier qui coule dans les veines de sa femme!

— Pourquoi refuser cette joie à ce brave homme?»

Pourtant Paul Maresmes se promenait nerveusement, regardant de temps en temps avec impatience son ami qui, étendu sur le dos, fumait paisiblement une cigarette de l'air le plus béat et le plus apathique.

«Nous ne sortons pas? dit-il enfin.

—Attends à demain, répondit languissamment Julien, et modère l'agitation qui te dévore; tu tournes comme un écureuil dans sa cage. Du reste, le jour va tomber.

—Je maudis ton indifférence.

—Repose-toi aujourd'hui. Aie pitié de ton ami.

—Profane! Et les ruines de Capri?

—N'as-tu pas la société d'une arrière-arrière-petite-fille de Tibère? Tes goûts archéologiques ont là de quoi se satisfaire. Recherche son arbre généalogique, remonte à Tacite, à Suétone, et fais ce cadeau à notre hôte. Moi, je m'engage à lui peindre pour enseigne le portrait du second César: large d'épaules et de poitrine, teint pâle et bourgeonné, cheveux longs dans le cou, comme les Italiens modernes, yeux très grands, air morose, la tête raide, inclinée en arrière.—Avoue que pour un peintre je connais bien mes auteurs.

—Tu plaisantes toujours.

—Je te jure que le patron aura ce portrait.

—Tu veux influencer son hospitalité.

—Il est même capable de nous faire payer plus cher, une fois le tableau mis en place.

—Paresseux!

—Je te promets de ne pas laisser une ruine, une pierre, un creux de rocher, sans les toucher, les peindre, les exalter en vers et en prose; mais demain!—Nous sommes abîmés de fatigue, et les villas de Tibère, si curieuses qu'elles soient, ne nous offriront ni berceaux de verdure, ni chambres de repos, pas même un simple banc pour nous asseoir. Les fameuses salles de bain sont sans doute dans le même état, sans voûte et sans murailles; à peine de loin en loin doit-il exister un bloc informe, un pan de mur, une mosaïque grande comme la main, asiles non contestés des couleuvres et des lézards!—Aie pitié de ton ami, et remets toutes tes promenades à demain et aux jours suivants.

—Demain! soupira le jeune poëte en s'asseyant.

—Du reste, il nous faut un guide, et Pagano n'arrivera que demain matin.»

Ce dernier argument parut décider Paul Maresmes.

«Ah! oui, ce pêcheur de la Petite Marine, qui parle français.

—Il viendra, ne désespère pas; et quant à son langage, toi qui sais l'italien, tu le comprendras toujours.

—J'attendrai.

—Oh! la dolente mine, mon pauvre Paul!

—Raille, faux ami!

—Pardonne-moi, et allons essayer les lits de Mme Tibère.

—Oui, si les moustiques et les puces le permettent.

II

Le lendemain matin, bien reposés, Paul et Julien partaient sous la conduite du pêcheur Pagano: ce dernier avait dépassé la cinquantaine, mais, petit et trapu, il semblait d'une force et d'une agilité extraordinaire; sa figure franche, son air ouvert, presque candide, plurent immédiatement aux deux jeunes gens, et sa conversation, parfois émaillée de mots italiens et de locutions françaises, était facile à comprendre.

Ils commencèrent leur excursion par le côté oriental. Un sentier étroit, passant sous l'ancien fort San-Michele, monte vers *il Capo*: il faut une heure environ pour faire ce trajet. Ils ne tardèrent pas à voir l'église *Santa-Maria del Soccorso*, sur la hauteur même; puis, en face du cap Campanella, les restes de la plus célèbre des villas de Tibère, celle que l'on nomme maintenant *il Palazzo* (le Palais), qui était dédiée à Jupiter, et fut commencée par l'empereur Auguste. Pagano montra un fragment de colonne gisant sur un des côtés du sentier:

«L'entrée *del Palazzo*!

—Et le palais lui-même!» ajouta Julien en désignant une longue et large muraille à moitié ruinée, mais dont les fragments résistaient victorieusement à l'action du temps et aux violences des mauvaises saisons. Quelques chambres subsistent encore, et dans la plus haute loge un ermite, vivant d'aumônes et faisant la cuisine; nos visiteurs se débarrassèrent de lui moyennant une honnête rétribution.

Paul s'était arrêté pensif devant ces débris: quelques voûtes crevées par places, des pierres rongées par la pluie, des fragments de mosaïque blanche et noire, enfouis sous les ravenelles, les ronces et les herbes, prouvaient seuls qu'un édifice avait existé en cet endroit. Le jeune poëte songeait alors à Tibère tout-puissant empereur; Tibère qui de ce rocher inculte et sauvage avait fait un jardin pour y cacher ses débauches; Tibère, orgueilleux César élevant douze superbes villas, palais dédiés aux douze grands dieux, et couvrant l'île entière de bosquets, de bois, de forêts; construisant des aqueducs pour distribuer l'eau dans toutes ces demeures luxueusement décorées; créant des bains magnifiques, des thermes, des fontaines, et, du haut de son palais, palais de Jupiter, bravant et tenant courbés sous le joug de sa terreur, le peuple romain, le Sénat, le monde entier. Là, il écrivait ses ordres à Rome, et les sénateurs pâlissaient et tremblaient à la lecture des terribles lettres datées de Caprée. Peut-être ces chambres ruinées, dégradées et s'émiettant en poussière avaient-elles vu réunis Tibère et Caligula, quand l'empereur manda près de lui ce dernier, alors âgé de vingt ans, et dans le même jour le fit homme, le revêtant de la robe virile et lui faisant couper la barbe.

Un monde d'idées étranges assaillaient le jeune homme emporté par la fièvre de son imagination. De cette hauteur, tournant le dos à la mer; il jetait les yeux sur toute l'île, y cherchant les bosquets d'autrefois, les asiles à Vénus abritant des couples amoureux, les villas magnifiques de marbre et d'or. Sous l'influence d'un mirage, il croyait voir la Caprée du César romain, et Tibère lui-même venait à lui, raide, morose, effrayant; Tibère promenant dans cette retraite son oisiveté malfaisante et dissolue, abandonnant son ancienne activité et les affaires pour se vautrer dans la boue impure de ses vices.

Un cri de Julien l'arracha à cette vision; le peintre et le guide venaient de s'arrêter au bord d'un effroyable précipice: la falaise présentait un escarpement de plus de onze cents pieds; quatre cent vingt-cinq mètres séparant le sommet du rocher de l'anse profonde où bouillonnait la mer.

«*Il Salto!*

—Le saut de Tibère! dit Paul s'approchant d'eux, l'endroit d'où il faisait précipiter ses victimes!» et des yeux il mesurait le gouffre.

«Suétone prétend, ajouta Julien, que des bateliers, postés en bas, achevaient les malheureux suppliciés. Le récit me paraît de pure invention, quand je vois cet abîme.

—Suétone a-t-il jamais visité Caprée?

—Il serait cependant curieux de contrôler ses anecdotes; et ce sentier à pic, qui plonge dans la mer après avoir sillonné la falaise, a peut-être si mal à propos servi de route à l'infortuné pêcheur dont il raconte la cruelle aventure.

—Celui dont Tibère fit frotter la figure, d'abord avec un surmulet, ensuite avec une langouste, pour le punir de s'être présenté trop subitement devant lui?—Tu as peut-être raison.

—Et voici l'observatoire du tyran, la retraite où il étudiait les étoiles et la science chaldéenne avec l'astrologue Thrasylle.

—Deux vers de Stace, dont je me souviens en ce moment, feraient plutôt croire à un phare. Il dit en termes catégoriques:

Teleboumque domus trepidis ubi dulcia nautis Lumina noctivagæ tollit pharus æmula lunæ!

«La demeure des Télébéens où le phare, émule de la lune, nocturne voyageuse, dresse son lumineux foyer pour calmer les terreurs des marins.» Tacite corrobore l'assertion de Stace en nous faisant savoir que Capri, possédée par les Grecs, fut aussi habitée par les Télébéens.

—Mon cher, je t'accorde tout ce que tu voudras, n'étant pas assez savant pour discuter avec toi; je crois au phare, bien que l'observatoire et la magie m'aient d'abord plus vivement attiré; mais laissons là les anciens pour jouir de la vue superbe que l'on découvre d'ici.»

L'endroit était en effet merveilleux: à moins d'une lieue en face d'eux, le cap Campanella, autrefois dédié à Minerve, s'avançait dans la mer, entièrement revêtu d'arbres et de villas; à leurs pieds, les îlots et les rochers semés dans le bleu intense de l'eau, le golfe de Naples, et au loin Sorrente, Castellamare, toutes les villes du Vésuve. Puis, tout au fond du golfe de Salerne, à une très-grande distance, apparaissait une côte lointaine nettement découpée, et un groupe de monuments brillait au soleil avec une forme imposante.

«*Pæstum*!» s'écria Julien; et son bras indiquait la silhouette qui se dressait sur le rivage campanien.

Ils auraient voulu d'un élan traverser la mer qui les séparait de ces ruines merveilleuses, le temple de Neptune, la Grèce transportée sur le sol italien: Pæstum, la patrie des roses, qui y fleurissaient deux fois l'an; Pæstum, la riche et luxueuse colonie, aujourd'hui la patrie de fièvres épouvantables, le refuge des plus dangereux bandits!

«Mais qu'est-ce cela?» reprit le peintre, dont l'attention mobile changeait constamment d'objet; il laissait de côté Pæstum et le paysage pour désigner une forme humaine paraissant et disparaissant entre les rochers de la côte, presque sous leurs pieds et dans le voisinage du Saut de Tibère.

«Une femme, je crois, dit Paul, quittant à regret la vue poétique où il planait un instant auparavant.

—Diable! elle ne craint pas le vertige.

—Une Capriote?

—C'est qu'il y va de la vie: une pierre peut rouler, le pied lui manquer, et le gouffre est sous elle.

—Elle suit le fameux sentier dont nous causions à propos de Suétone et de l'anecdote du pêcheur.

—Hé! Pagano, ne vois-tu pas cette femme?»

A peine le guide eut-il regardé dans la direction indiquée par les voyageurs, qu'il se signa rapidement avec des marques d'effroi.

«Tu as peur!

—*Santa Madonna! la Maga*!

—Une magicienne! que veux-tu dire?

—*Signori! signori*! c'est une sirène.

—Cette fille si agile? dis plutôt une chèvre.

—Chut! ne parlons pas d'elle ici.

—Tu es fou, Pagano.

—Cela porte malheur!

—Explique-toi.

—Plus tard, chez moi, à la Petite Marine, quand vous aurez vu ses sœurs.»

Il fut impossible d'obtenir autre chose du pêcheur.

Cependant la jeune fille se rapprochait; bientôt ils purent voir distinctement ses traits. De son côté, elle s'arrêta, fixant sans aucune frayeur ses yeux noirs sur les étrangers.

«Par Vénus! mon cher Julien, c'est une statue grecque! Quelle tête superbe! quelle fierté d'allure!

—Admirable!

—Le temple d'Erechthée a-t-il laissé fuir une de ses cariatides?

—Elle revient des mystères d'Éleusis, des Anthestéries ou des Thesmophories!

—C'est peut-être une canéphore; parlons-lui.»

Et, malgré les gestes terrifiés et les supplications de Pagano, Julien et Paul s'avancèrent lentement vers la belle Capriote. Grande, hardie, ses cheveux noirs relevés en couronne sur la tête et traversés par une flèche d'argent, ses vêtements retombant avec une grâce sévère autour d'elle, la jeune fille les regardait venir sans bouger. Sa silhouette, purement dessinée sur le fond clair du ciel, avait une étrange majesté, quelque chose d'imposant et d'enivrant à la fois par l'attraction bizarre de sa physionomie; les yeux, très-allongés, d'une douceur africaine, semblaient lancer de lumineux rayons à travers la soie des cils épais; la rougeur vivante des lèvres, charnues et bien coupées, contrastait avec le ton de la peau, pâle malgré la couleur dorée que lui avait donnée le soleil. Le vent, soufflant avec une certaine violence, faisait voltiger quelques mèches de ses cheveux et accentuait la courbe onduleuse de sa hanche gauche, avec une ligne serpentine de la cuisse à l'épaule.

Paul la regardait avec une curiosité émue, se sentant invinciblement attiré par cette étrange et superbe créature: il lui semblait retrouver quelque création de son cerveau, un rêve tout à coup évoqué par une puissance supérieure.

«Quel pouvoir dans ces yeux, se disait-il, quel enivrement dans les voluptueux contours de ce corps! Pourquoi Pagano n'aurait-il pas raison? C'est une sirène!

—Une pareille figure, s'écria Julien avec admiration, serait un succès pour le peintre qui pourrait la rendre. Quel magnifique modèle!»

Les jeunes gens s'étaient arrêtés à quelques pas, n'osant approcher davantage de peur de la faire fuir. Avançant un peu la tête par un mouvement gracieux et naturel, la jeune fille les regarda attentivement; puis, s'adressant particulièrement à Paul Maresmes, elle découvrit dans un charmant sourire l'émail de ses dents, et, appuyant les deux mains sur ses lèvres, lui envoya un baiser.

Moitié charmé, moitié étonné, Paul resta cloué à sa place, tandis que le peintre riait aux éclats. Elle en profita pour s'élancer comme une folle dans le sentier horriblement escarpé qui conduisait à la mer et disparaître en quelques secondes.

«La malheureuse va se tuer! cria Paul voulant la suivre.

—Elle t'a ensorcelé avec son baiser! dit Julien, en retenant fortement son ami qui allait perdre l'équilibre et rouler dans le précipice.

—Ne craignez rien! ajouta Pagano qui s'était rapproché, la Giovanna ne se tuera pas.» Il montra du doigt la jeune fille déjà parvenue au bord de la mer et se perdant derrière les rochers.

«La singulière fille! reprit le poëte qui cherchait vainement à l'apercevoir encore.

—Prends garde à la Sirène, Paul, elle te veut du bien.

—Ne crains rien, je saurai résister à son charme.

—Défends ton cœur contre son amour et ne sois pas aussi sensible à ses baisers.

—Bah! tu veux rire, Julien; je n'y pense même plus.

—Alors, en route; nous avons encore du chemin à faire avant d'arriver à la Petite Marine.»

De la tour du Phare on suivait la côte baignée par le golfe de Salerne. Après avoir gravi la petite colline du *Tuoro piccolo*, ils se trouvèrent dans une sorte de vallée se dirigeant au sud vers la mer et conduisant à la caverne que l'on appelle la grotte de Mithra. C'est dans les ruines éparses en cet endroit que fut trouvé le bas-relief mithriaque exposé maintenant au musée de Naples: la table de marbre, de quatre pieds de long sur trois de large, représente Mithra, le génie du soleil, en habits persans, accomplissant le sacrifice mystique du taureau. Mais ils ne s'arrêtèrent que peu de temps en cet endroit, à près de cinq cents pieds au-dessus d'une petite baie semée d'écueils et de rochers.

De la vallée, Pagano leur fit gagner une seconde colline, dominée par le télégraphe et formant l'opposé du *Tuoro piccolo*, c'est le *Tuoro grande*. De cette hauteur on voyait l'ancien petit port de Tragara, la pointe de Tragara, l'écueil du Moine et trois rochers en pleine mer: la vue était superbe. Sur la colline même on remarquait quelques restes antiques, des traces d'aqueduc et de route: peut-être s'y élevait autrefois une des villas de Tibère. Paul partageait également l'avis de ceux qui pensent que la petite île du Moine, sorte d'écueil de trois cents pas de périmètre, est la fameuse ville des Oisifs (Ἀπραγόπολις) d'Auguste, et que les ruines éparses çà et là sont celles du tombeau de son favori Masgabas, mort pendant sa tournée à Caprée.

Un sentier rocailleux les conduisit, non sans peine ni sans difficultés, à cinq cents mètres au-dessus de la mer, à la pointe de Tragara. Ils dominaient tout le golfe de Salerne et cette partie de la Méditerranée qui baigne la Sicile et va se perdre sur les côtes d'Afrique. Dans le bleu de la mer se détachaient trois blocs noirs, trois écueils. Pagano les désigna aux jeunes gens.

«Les Sirènes! dit-il à voix basse, par crainte de voir ses paroles emportées vers elles par le vent.

—Ah! oui, les sœurs de la jeune fille du Saut de Tibère!» Et Julien lança dans l'air un joyeux rire.

«Ne riez pas, *signor*! Si elles vous entendaient!» Le pêcheur se signa dévotement, et montra à Paul et à Julien le chemin qu'il fallait prendre pour redescendre vers la Petite Marine. C'était un passage taillé dans le roc, avec des marches en moins: des trous et des saillies, plus de route. Le pied glissait sur les roches polies, s'écorchait contre des pointes, et parfois des pierres s'éboulaient tout à coup, entraînant dans leur chute celles qu'elles rencontraient. Le souffle humide de la mer arrivait en plein visage, envoyant ses bouffées salines, et de temps à autre comme une rosée enlevée par le vent à la crête des vagues; puis retentissait un bruit solennel, continu, sans interruption: le flot roulant les galets et battant la falaise. Ils descendaient toujours.

Enfin une éclaircie se fit devant eux; une baie s'ouvrait dans le rocher, montrant le bleu de l'eau joint à l'azur plus clair du ciel, et au bas du sentier une petite plage de galets où la mer venait déferler en petites lames courtes, garnies d'une frange d'écume: c'était la Petite Marine, une sorte de refuge pour les barques de pêche. Dans la falaise s'enclavaient quelques maisonnettes, et deux canots étaient tirés à sec. Parfois le vent d'Afrique, le *Sirocco*, arrive terrible et souffle en plein dans la Petite Marine; alors les pointes de rochers abritent les pêcheurs et les défendent de la mer. Là, entre deux immenses rochers pointant leurs têtes dans les nuages, se trouvait la cabane de Pagano, adossée à un bloc énorme.

Le guide s'empressa de conduire les voyageurs sur cette espèce d'avancée et de leur montrer encore les rochers immobiles au milieu des vagues:

«Les voyez-vous?

—Parfaitement, répondit Julien. Et maintenant, ami Pagano, ton histoire? Nous sommes aussi désireux de l'entendre que toi de la raconter.»

La nuit tombait, la course avait été longue et fatigante au milieu de ces montées, de ces descentes continuelles; les deux amis s'assirent gaiement à la table du pêcheur et partagèrent le repas de sa famille. Quand ils eurent terminé, la femme de Pagano alluma un feu de bois sec dans la cheminée, et les deux amis, la cigarette à la bouche, les pieds à la chaleur, prêtèrent l'oreille au récit du guide.

«Il y a vingt ans environ, un matin, nous trouvions sur la plage de la Petite Marine un homme étendu: le corps, à moitié dans l'eau, roulait un peu à chaque vague nouvelle avec un mouvement régulier et lent, mais il était raide, glacé; autour de lui pas un débris n'expliquait sa présence en cet endroit, et nous n'avions entendu parler d'aucun naufrage aux environs. A force de soins, au bout de quelques heures, le malheureux reprit peu a peu connaissance et put nous remercier de l'avoir sauvé et recueilli. Il était Napolitain, du moins nous l'affirma-t-il, car personne ici ne le connaissait, et il ne retourna jamais à Naples. Embarqué très-jeune, Giovanni Massa avait beaucoup voyagé, faisant plusieurs fois le tour du monde et passant une partie de sa vie dans les îles de l'océan Indien. Puis, un immense désir l'avait pris de revoir l'Italie, et il résolut de quitter à l'insu de ses camarades le navire sur lequel il se trouvait. Une nuit, l'occasion se présenta, il s'enfuit sur une petite barque; mais le gros temps lui fit perdre sa route et un courant le jeta sur des rochers voisins de Capri. A partir de ce moment jusqu'à son retour à la vie au milieu de nous, il disait ne se souvenir de rien. Sa barque avait échoué sur les Sirènes.

—Par reconnaissance, il voulut rester quelque temps ici et nous aider dans notre travail, dans nos pêches. Les jours passèrent, il ne parlait pas de retourner à Naples. Enfin, après un séjour de deux mois, il déclara vouloir se fixer tout à fait à la Petite Marine. Avec l'argent de ses économies, qu'il avait eu la précaution de serrer dans une ceinture avant de quitter son navire, il s'acheta une barque et tout un attirail de pêche; puis, par une bizarrerie que chacun trouva dangereuse et imprudente, il se construisit une petite cabane sur la plage qui regarde les Sirènes, au pied d'un rocher que la mer baigne parfois pendant les tempêtes. Comme il ne faisait que du bien, causant, pêchant, amusant les enfants par ses contes et les hommes par ses récits de voyages, on s'occupa peu de ses fantaisies excentriques: il plaisait à tous.

«Un soir il partit tout seul, selon son habitude, et mit sa barque à la mer, malgré les menaces du temps; on chercha vainement à le dissuader de se mettre en route, il n'écouta personne et piqua droit sur la haute mer. La tempête fut affreuse, on le considéra comme perdu. Cependant le matin, quand la tourmente fut apaisée, nous le trouvâmes tranquillement assis devant sa porte, tenant dans ses bras une ravissante petite fille de quelques mois à peine: il l'embrassait et la regardait dormir avec un sourire de père. Nous restâmes stupéfaits; mais à toutes nos demandes il refusa de répondre, disant seulement que c'était sa fille, sa Giovanna chérie; et même, quelques-uns ayant mis de l'insistance à l'interroger, il leur conseilla, pour en savoir davantage, de s'adresser aux Sirènes, et du doigt il montrait moqueusement les trois rochers.

«C'était une impiété, un sacrilège: il en fut puni. Un matin, son corps fut retrouvé sur la grève, tout déchiqueté par les roches et le crâne brisé; il était mort, et des pêcheurs virent des fragments de sa barque sur les Sirènes: elles s'étaient vengées. Dans la cabane dormait la petite fille, qui ne parut pas comprendre la perte qu'elle venait de faire. Elle pleura d'abord beaucoup, puis les jours succédèrent aux jours, séchant les larmes sur ses joues roses. Sauvage et craintive, Giovanna ne put jamais se familiariser avec nos enfants; elle passait des journées entières accroupie en face de la mer, surtout à l'endroit où son père avait habité autrefois, et il fallait l'arracher à ces engourdissements, à cette espèce d'extase pour la faire manger. Elle grandit, et sa beauté tout à fait extraordinaire attira l'attention des jeunes gens de l'île; mais son sourire, son charme, étaient mortels. Malheur à ceux qui s'y laissent prendre, on ne peut lui résister: elle fascine, c'est une sirène, comme ses sœurs de la pleine mer, et le vieux Giovanni Massa a peut-être dit vrai!

— Tu plaisantes, Pagano, dit Paul, qui écoutait de l'air le plus sérieux et le plus attentif le récit du guide, tandis que Julien conservait son air railleur et sa mine incrédule.

— Rien n'est plus sérieux, *signor Francese*, et quelques-uns ont osé aimer la Sirène.

— Eh bien?

— Ils sont morts.

— Bah! Ta Giovanna aurait donc la *jettatura*? dit Julien en riant.

— Non, non; elle n'est pas *jettatore*, reprit vivement le pêcheur; elle charme par sa voix, par ses manières, et entraîne peu à peu dans la mer l'imprudent qui l'a écoutée et suivie.»

Derrière eux, la femme de Pagano, épouvantée d'une semblable conversation et du sujet terrible choisi par son mari, s'était mise en prières devant une petite madone incrustée dans la muraille et éclairée par une veilleuse.

«La pauvre fille, ajouta Julien, est sans doute bien innocente de pareils malheurs, et vous lui imposez une lourde parenté en l'unissant à ces trois vilains rochers.

—Vous riez, *signor*: je ne vous conseillerais pas, fussé-je votre mortel ennemi, d'aller lui rendre visite ou même de la rencontrer sur la plage par un jour de tempête!

—Un jour de tempête? interrogea Paul que le récit semblait intéresser vivement.

—*Ma! povero signor*! Gardez-vous-en bien, *per la Madonna*!

—Pourquoi?

Perchè?» Et le pêcheur avant de répondre fit un grand double signe de croix, ce qui rassura un peu sa femme. «Parce que, lorsque la mer est en fureur et que les vagues sautent en hurlant dans les roches, les trois Sirènes reprennent leurs corps humains; les rochers immobiles se changent en femmes, bondissent et glissent sur les flots, s'avançant jusqu'au rivage. Là, elles se reposent, causent, jouent et chantent avec leur sœur Giovanna. Alors, malheur au téméraire qui les écoute, malheur à celui qui les voit, il est perdu: elles l'attirent peu à peu par leurs chants, par leur voix à laquelle on ne peut résister; puis l'une d'elles s'avance vers le malheureux, son enivrant sourire sur les lèvres, les yeux humides des plus ravissantes promesses. S'il cède, c'est fini: elles l'emmènent, le grisent de leurs caresses et l'emportent au fond de la mer dans leurs terribles enlacements. Peut-être le lendemain le flot roulera-t-il sur les galets un corps tout meurtri de leurs baisers mortels, pour qu'une sépulture chrétienne puisse être donnée à cette dépouille inerte!

—C'est épouvantable! s'exclama comiquement le jeune peintre. Sais-tu, Pagano, que ta description m'a fait froid dans le dos? Et cependant elle m'a donné une envie extraordinaire de m'assurer du fait par moi-même.

—Comment! vous soupçonnez cette enfant? ajouta Paul avec indignation.

—Tout le monde l'accuse à Capri.

—Pauvre fille! personne ne prend-il sa défense?

—Oh! *signor*, personne n'oserait la toucher, ni même l'insulter: son seul charme fait sa meilleure défense.

—Allons, Paul, es-tu de mon avis? Veux-tu voir aussi les Sirènes?

—Quand ce ne serait que pour réhabiliter Giovanna, je le ferai certainement.

—Poëte! poëte! je crois que la Sirène a trouvé un vaillant chevalier.

—Mon cher, cela ne te révolte-t-il pas?

—Y pouvons-nous quelque chose?

—Si vous vous croyez assez forts pour résister à l'enchantement des Sirènes, reprit le pêcheur, je vous conduirai, un jour de tempête, derrière un gros rocher qui fait face aux charmeuses: cachés là, vous pourrez tout voir et tout entendre. Mais, je vous en préviens, il y va de la vie, il y va de l'âme peut-être, et je vous laisserai seuls, car rien que d'en parler porte malheur!

—Accepté, digne Pagano! répondit Paul.

—Maintenant, mon cher hôte, montre-nous le tas de varechs qui doit nous servir de lit: je tombe de sommeil et nous réclamons ton hospitalité jusqu'à demain.» Le peintre bâillait d'une terrible façon pour prouver son assertion et appuyer sa fatigue d'un argument expressif à la manière napolitaine.

Après leur avoir indiqué leur couchette, Pagano, avant de dormir à son tour, alla joindre ses oraisons aux prières de sa femme, toujours agenouillée devant la madone.

«*Santa Madonna*! protège-les!» dit le brave homme en terminant, et il jeta un regard sympathique vers le coin où reposaient paisiblement les deux jeunes gens.

III

Ne reculant devant aucune fatigue pour satisfaire leur besoin de voir et de toucher eux-mêmes ce qui éveillait leur intérêt, les deux amis passèrent cinq jours à parcourir l'île. Ils escaladèrent comme de véritables Anacapriotes les cinq cent cinquante-deux marches taillées en plein roc qui conduisent sur le plateau du mont Solaro, et trouvèrent là une culture inconnue du versant oriental, beaucoup plus sauvage et du reste toujours exposé au vent brûlant d'Afrique; puis ils visitèrent les différents endroits semés de ruines où les archéologues reconstruisent les villas de Tibère, sans pourtant parvenir à s'accorder dans leurs affirmations, et crurent naïvement avoir vu les *Cubicula* de Suétone, les immondes retraits du vieux César. Enfin Pagano, les prenant dans sa barque, leur fit visiter d'une manière moins fatigante le tour de l'île. Partant de la Petite Marine, ils doublèrent les pointes *Ventroso, del Tuoro, di Carena, di Campetiello* et *di Vitareto*, qui accidentent le côté occidental de Capri, pour se rendre à la célèbre grotte d'azur.

Leur première curiosité satisfaite, Paul et Julien convinrent de rester encore une quinzaine de jours à Capri: le jeune poëte s'y sentait retenu par quelque chose d'intime, dont il ne pouvait faire part à son ami; quant à Julien, il avait découvert de superbes points de vue, des rochers magnifiques, et il ne voulait partir que muni d'esquisses pouvant plus tard se transformer en tableaux et lui rappeler son voyage. Un endroit entre tous l'avait frappé d'admiration, c'étaient les ruines de ce que l'on suppose avoir été les bains de Tibère, ces fameuses piscines dont parle l'anecdotier latin des *Douze Césars*, et portant actuellement le nom de *Palazzo di Mare*.

Figurez-vous, au bord de la mer, à l'ouest de la Grande Marine, une série de constructions en briques, à moitié encastrées dans la roche et baignant dans l'eau. On y voit des restes de chambres, des couloirs, des conduites brisées, une salle demi-circulaire, et enfin, dans les débris de toutes sortes, au milieu de rochers noirs et de tronçons de colonnes en marbre cipolin grisâtre, une chambre, sorte de piscine carrée qui s'étend dans la mer. Ces bouts de piliers dans l'eau ont un étrange effet avec leurs tons roux et gris, et la couleur blanchâtre des roches de la falaise s'harmonise avec le bleu lapis-lazuli de la mer. Les flots ont de curieux remuements au milieu de ces ruines, où parfois la bavure d'une vague s'écrase sur la surface polie du marbre. Un chemin perdu dans les ronces conduit à ces bains. Julien commença en cet endroit une suite d'études pour un tableau dont l'idée lui était venue.

Paul accompagna d'abord son ami, paraissant s'intéresser à ses travaux; il errait sur les rochers, songeant et rêvant devant ce magnifique spectacle. En face, dans le lointain perdu de l'horizon, une tache blanchâtre indiquait Naples sur le ton foncé de la côte, et une ligne découpait nettement les contours du rivage, projetant sur l'eau la masse du Vésuve. Ses yeux allaient de l'exubérante verdure de Sorrente, des paysages touffus de Massa di Somma, à l'escarpement du Pausilippe et au promontoire de Misène plongé dans la poussière d'or et de feu du soleil. Peu à peu il se fatigua de cette inaction, vint moins souvent, resta moins longtemps près de son ami, puis l'abandonna tout à fait. Cette conduite intrigua vivement le peintre, qui chercha en vain à savoir ce que faisait Paul, et ne put, malgré l'adresse de ses questions, lui arracher son secret.

Un matin, contre son habitude, ce fut Paul qui partit le premier après avoir serré la main de son ami: le poëte s'éloignait d'un pas agile, joyeux, la tête dans un lumineux rayon de soleil, le bonheur peint sur la figure. Quand il eut disparu, Julien hocha mélancoliquement la tête; une ombre obscurcissait son front et une pensée nouvelle lui entrait au cerveau. Peut-être Paul avait-il un amour caché, quelqu'une de ces affections personnelles et jalouses qui éloignent de l'ami et font tout oublier; mais pourquoi en faire un secret? N'avait-il donc plus confiance en son amitié? Puis, après un instant de réflexion, il sourit de cette hypothèse, et n'y songea pas davantage.

Sa boîte à couleurs d'une main, son parapluie de paysagiste de l'autre, le jeune peintre descendait à travers les ronces jusqu'au *Palazzo di Mare*. Quand il fut arrivé en face du point qu'il étudiait, toutes ses préoccupations s'envolèrent, subitement chassées par la radieuse beauté de l'endroit: un flot de lumière inonda ses yeux, pénétrant en lui comme une vie nouvelle; il sentit son âme s'imprégner de cette nature merveilleuse et la joie du travail heureux l'envahir. Toute autre chose disparaissait pour lui; il s'absorbait dans son œuvre, rendant les mille aspects du rocher, de la mer et des ruines baignées par les eaux bleues.

Malgré sa sincère affection pour Julien, Paul n'avait pas voulu lui dire qu'il avait revu la jeune fille dont le baiser envoyé du bout des doigts l'avait frappé d'une étrange et douce émotion: sans l'aimer encore, il se laissait aller à elle, à son souvenir gracieux, et ses rêveries l'évoquaient souvent.

Sa promenade de rêveur solitaire, de poëte à la poursuite des magies du vers, l'amenait de temps en temps vers la grotte de Mithra: il aimait à s'en foncer dans cette ombre et à plonger ses yeux dans l'immensité limpide étendue devant lui. S'enveloppant de ténèbres indécises, il se sentait comme entouré par des divinités mystérieuses dont le pouvoir invisible pesait sur lui. Quelquefois le frôlement d'aile d'un oiseau s'envolant subitement de cette caverne lui semblait la caresse d'une main de déesse, et un frisson d'inquiétude et de joie faisait battre son cœur, faisait tressaillir sa chair. Il descendait la vallée, suivant les détours et les replis de la nouvelle route qui conduisait à la grotte, l'ancienne ayant été sans doute détruite dans l'un des cataclysmes volcaniques dont l'île fut autrefois bouleversée, peut-être dans ce tremblement de terre qui jeta bas le phare de Tibère, quelque temps avant la mort du terrible César. Peu à peu il se trouvait à trois cents pas sous la vallée, tournait brusquement à droite et arrivait devant l'ouverture béante de la grotte, qui semble rejeter, par cette gueule trouée dans la montagne, les ruines d'un temple.

Regardant le cap Campanella et le golfe de Salerne, à cinq cents pieds au-dessus de la mer, la caverne s'ouvre en face de l'orient et s'étend vers le cœur de la colline. Le temple dont elle contient les restes était de forme ovale; on y voit encore trois niches de semblable grandeur, ayant dû abriter des statues, et des ruines de chambres anciennement peintes. L'architecture en est romaine.

A qui fut dédié ce temple? Certains archéologues prétendent que c'est à Mithra; ils s'appuient pour formuler cette assertion sur le bas-relief découvert dans ces ruines, ainsi que sur les vestiges d'un cadran solaire; de plus, l'ouverture de la grotte, tournée vers l'orient, reçoit les premiers rayons du soleil levant, l'aube, dont Mithra est la personnification dans la genèse persane.

Paul Maresmes, curieux de toutes les choses étranges, avide des mystères religieux, toujours racontés aux peuples en langage poétique, errait dans cette grotte, touchant de la main ces colonnes et ces murs, foulant une poussière séculaire. Cette idée de Mithra lui plaisait: il se souvenait que, vers l'an 68 av. J.-C., des pirates Ciliciens avaient apporté en Occident le culte du soleil sous la figure du dieu des Perses, et que les Romains avaient favorablement accueilli, avec orgueil même, cette forme nouvelle de la victoire, ce symbole de l'énergie guerrière. Avant d'être écrasés par Pompée, ces pirates étaient les maîtres de la mer; ils dominaient la Méditerranée, faisant de toutes les îles des repaires et des dépôts pour leur butin. Ce rocher de Capri, les ayant attirés par sa position formidable, devenait bientôt une de leurs citadelles, un nid d'aigle du haut duquel il observaient les navires et où ils se réfugiaient après le pillage. L'île leur paraissant favorable, ils avaient élevé ce temple à leur dieu favori: c'est là que se faisaient les fameuses initiations de l'association des pirates, celles où se donnaient les différents grades mithriaques, *soldats, lions* et *coureurs du soleil*.

Avec son imagination exaltée, Paul, plongé dans une rêverie fiévreuse, assistait à quelqu'une de ces mystérieuses cérémonies, où brillait au fond de l'antre obscur le feu sacré. Le nouvel initié s'avançait vers la lueur rougeâtre, dont l'éclat se reflétait énergiquement dans ses yeux, et, repoussant d'un geste la couronne présentée par l'initiateur, saisissait l'épée offerte en même temps à son choix, en prononçant la formule mystique: «Mithra est ma couronne!» Quand il s'arrachait peu à peu à ces visions, Paul se trouvait avec étonnement au milieu des ruines, ne pouvant croire à l'évanouissement de son rêve, et certain d'avoir vu.

Un jour, au moment où, selon son habitude, il entrait dans la grotte, il s'arrêta frappé de surprise; une joie infinie lui emplissait le cœur: dans l'une des niches intactes du temple, une femme se tenait debout, semblable à quelque chef-d'œuvre oublié là par Phidias; mais de ses yeux jaillissait une flamme voluptueuse qui vint frapper le regard enivré du poëte. Il revoyait donc enfin celle qu'il avait souvent cherchée le long des rochers et sur les plages désertes qui avoisinent la Petite Marine: c'était Giovanna.

Un rayon d'or du soleil de Capri illumine soudain son cerveau, chassant les ténébreuses pensées; il voit et rassasie son âme d'un radieux spectacle; il voit, et son esprit, sous une influence magnétique, puise à même et se plonge dans le monde impalpable du rêve et de l'imagination. Il n'est plus dans le temple de Mithra, dans l'antre redoutable des pirates; il entre dans la demeure sacrée de Cérès, mère de Proserpine: n'est-ce pas également dans des grottes que les Phrygiens et les Crétois célébraient les mystères de la Grande Déesse? Interrogez les sanctuaires de la Samothrace, les retraites de Dodone, les antres de la Sicile et des Thermopyles, vous y trouverez les Pélasges prosternés devant Dé-Méter, agenouillés aux pieds de Proserpine! Et Giovanna n'est plus une fille de la terre, Pagano l'a dit, c'est une Sirène, une des compagnes chéries de la malheureuse enlevée par Pluton; elle revient visiter cet endroit consacré à celle qu'elle aimait, et quelque pouvoir surnaturel l'a revêtue d'une figure humaine.

Mais, en même temps que cette illusion merveilleuse domine le poëte, un poison dangereux se glisse dans les veines du jeune homme, lui trouble le cerveau et frappe au cœur avec la puissance de la jeunesse; ses yeux admirent la créature charmante, forte de tout cet enivrement qu'elle communique, infiniment séduisante; il ne résiste pas, — il aime.

Quand il s'avança vers elle, craignant de la voir fuir, tremblant de l'offenser, il se heurta à son sourire, plus enchanteur encore. Avec une légèreté pleine de grâce, avec cette voluptueuse ondulation qui enveloppait chacun de ses mouvements et leur donnait une incroyable attraction, elle sauta du piédestal et vint au-devant du jeune homme hésitant. Paul, interdit, n'osait lui parler, ne sachant plus s'il avait sous les yeux une mortelle ou une divinité. Ce fut la jeune fille qui lui adressa la parole en le saluant d'un souhait de bonheur et de longue existence. Il répondit, et peu à peu son illusion se dissipa: Giovanna se familiarisait rapidement, ayant des réflexions d'enfant, un mélange curieux de sauvagerie et de naïveté.

Elle raconta ses impressions, ses ennuis, sa vie errante à travers les rochers, le long des vagues qui vous baignent les pieds et semblent une caresse de la mer; elle parlait de ses longues contemplations en face de la pleine mer, avec l'horizon fantastique des trois rochers, les Sirènes. Le poëte, heureux, écoutait, s'absorbant dans ces mille détails naïfs, comme s'il eût entendu ce que lui disait tout bas son esprit; il ressentait les mêmes émotions, cette adorable enfant lui paraissant l'écho vivant de ses propres rêveries. Il avait surtout remarqué la mélodie de la voix de Giovanna: ses accents avaient le charme d'une musique et les mots s'échappaient de son gosier en gammes étincelantes de vie, de gaieté et de jeunesse.

Entraîné par les ardeurs qui brûlaient son cerveau, il parlait à son tour: la jeune fille l'écoutait, suspendue à ses lèvres, buvant avidement ses paroles, qui lui emplissaient l'oreille des bruits de la nature, de tout ce qu'elle aimait et connaissait, le heurt des vagues, les clartés du soleil, les mirages lointains de la haute mer.

Puis soudain elle se leva, mit un baiser au front du jeune homme et s'enfuit, tandis que son adieu retentissait encore et qu'un rire perlé frappait les échos de la grotte. Paul Maresmes resta interdit, aussi muet, aussi éperdu que devant le baiser du premier jour de leur rencontre: une flamme lui brûlait le front. Il ne songea même pas à poursuivre la folle enfant; un bonheur divin gonflait son cœur de mille émotions jeunes et fraîches, et une voix mystérieuse chantait en lui, l'enivrant de la folie délicieuse de l'amour: une langueur voluptueuse l'écrasait de son puissant engourdissement.

Telle fut la première entrevue des deux jeunes gens: ils ne parlèrent pas une fois d'amour, mais tout en eux respirait l'amour et le trahissait.

Alors, sans jamais se donner rendez-vous, ils se rencontrèrent souvent au même endroit, et le jeune homme concevait une certaine crainte, une terreur mystérieuse de ce lieu sacré qui cachait leurs amours: il y voyait le contraste de la vie et de la mort, l'antithèse d'un nid d'oiseaux amoureux construit dans un hypogée d'Egypte.

Ils causaient, assis près l'un de l'autre en face de la vue splendide étendue devant eux, et toujours, à quelque moment imprévu, comme s'arrachant à un rêve, à un oubli engourdissant de bonheur, la jeune fille s'enfuyait sans permettre à Paul de la suivre.

Il restait encore longtemps après elle; de grandes ombres envahissaient la grotte, noyant de ténèbres les angles aigus et les formes accentuées des ruines: des bruits étranges s'élevaient du sein de la colline, venant du cœur même de la terre, et se joignaient au grandiose murmure delà mer. Le poëte, croyant entendre des voix surnaturelles, sortait lentement, sans se retourner, dans la crainte de profaner quelque mystère éleusiaque, quelque fête funèbre en l'honneur de Proserpine: dans ces moments-là, Giovanna prenait pour lui l'aspect d'une divinité; à son amour se mêlait alors une insurmontable terreur, qui lui faisait battre le cœur et pâlissait ses joues.

Parfois, dans les nattes tressées de sa chevelure elle portait un bizarre ornement, une pierre verte, très-pâle, ayant la figure d'un scarabée. Paul, avec sa connaissance des rites antiques et des coutumes étranges, avait immédiatement reconnu le scarabée de feldspath que les prêtres égyptiens plaçaient dans le sépulcre des Apis, dans les sarcophages royaux de Thèbes et de Memphis, ou dans les syringes hiératiques; mais, lorsqu'il interrogea la jeune fille à ce sujet, pour connaître la provenance de ce bijou, elle fronça le sourcil et supplia le jeune homme de ne jamais renouveler une semblable question, sous peine d'attirer sur eux de grands malheurs. Songeant à la vie aventureuse du père de Giovanna, il se dit que, sans doute, Giovanni Massa avait rapporté cet objet d'un voyage en Egypte, et que la superstitieuse Capriote, le prenant pour une amulette, y attachait de terribles propriétés.

Cependant, à chacune des fuites soudaines de son amie, Paul restait moitié heureux, moitié triste; cette conduite irritante l'énervait, surexcitant ses facultés: il sentait des bouillonnements de jeunesse enfler sa poitrine, et des désirs grondaient dans son sang. De là ses distractions quand il se trouvait avec Julien, ses tristesses et ses besoins de solitude, car il voulait renfermer en lui son amour.

Enfin, un jour, au moment où Giovanna allait le quitter, il la retint doucement par le bras avec une expression si suppliante que la jeune fille, d'abord irritée de ce geste, se laissa adoucir et toucher: Paul demandait un rendez-vous pour le soir.

«Déjà! dit-elle seulement, et un soupir presque douloureux souleva son sein.

—Giovanna! n'aurez-vous pas pitié de moi!» Il l'entourait de ses bras, n'osant cependant la presser sur sa poitrine.

«Soit! puisque le destin le veut; mais c'est terminer bien vite un beau rêve!» Et l'étrange créature regarda un instant Paul Maresmes, plongeant ses yeux dans ceux du poëte.

«Je t'aime! répéta le jeune homme avec enivrement.

—Ce soir, tu liras ce billet qui t'indique l'endroit où tu me trouveras.» Elle traça quelques mots sur une feuille du carnet de Paul et la lui tendit.—Il voulut lire, mais elle lui serra impérieusement la main, en disant encore:

«Ce soir! je t'attends!

—Giovanna! Giovanna! je le jure.»

Elle s'enfuit, le laissant ivre d'un bonheur immense, écrasé de cette complète réalisation de son rêve le plus cher.

IV

Devant la table, sur laquelle l'aubergiste avait servi leur dîner, Paul, absorbé dans la lecture d'un billet, ne pensait pas à toucher aux plats. Julien, s'éventant avec sa serviette, jetait un regard dédaigneux aux côtelettes de chevreau, au macaroni, et aux autres mets préparés par la descendante de Tibère.

«Diable de chaleur! s'écria-t-il tout à coup en vidant un second verre d'eau.

—Oui! oui! dit Paul distraitement.

—Tu ne parais pas avoir faim.

—Non! cette journée m'accable trop.

—Moi, je n'ai pu tenir en place; à peine avais-je essayé de peindre que le soleil me brûlait comme un fer rouge. Je me suis étendu à l'ombre d'un rocher et j'ai dormi; mais cela ne peut durer, il fera de l'orage, ce soir peut-être.

—Ce soir, crois-tu? reprit Paul, qui roulait le morceau de papier entre ses doigts et que ces derniers mots tirèrent de sa rêverie.

—Cela semble te contrarier.

—Peut-être!

—Et pourrais-je savoir pourquoi?»

Avec un sourire quelque peu fat, le jeune poëte tendit à son ami le chiffon de papier dont la contemplation l'absorbait au point de lui faire oublier le dîner: c'étaient quatre mots italiens signés d'un nom de femme.

«Que signifie ce grimoire? demanda Julien.

—Giovanna me donne rendez-vous ce soir derrière les rochers, sur la petite plage qui fait face aux Sirènes.

—Ta Capriote choisit bien son temps!

—L'orage ne sera sans doute pas pour aujourd'hui.

—Ne t'y fie pas. Mais quelle est cette Giovanna qui donne rendez-vous, au clair de lune, à un poëte?

—Tu la connais bien.

—Je t'assure que….

—C'est notre amie du phare de Tibère.

—La Sirène, la magicienne de Pagano?

—Elle-même, mon cher Julien.

—Tu as l'intention de te rendre à cette invitation, dans un endroit si mal vu des pêcheurs?

—Je n'ai pas leurs superstitions.

—Tu es ensorcelé, Paul, et tu n'iras pas, ou je t'accompagnerai.

—Julien! Julien! est-ce toi qui me parles ainsi, toi l'esprit fort, l'in-crédule!

—Suis-je ton ami, oui ou non?

—Non, si tu me refuses ce bonheur.

—Malheureux! en es-tu déjà là?

—Julien! je l'aime.

—C'est ce que je craignais: la Sirène te prend dans ses filets.

—Le craindre! craindre d'aimer! Tu es jeune, et tu me parles ainsi! Mais c'est la vie, ami; c'est la jeunesse ardente, folle peut-être: eh bien soit! Ne t'oppose pas à cette joie qui m'enivre; laisse-moi aimer, laisse-moi être aimé!

—Paul, tu es fou; je ne consentirai jamais à t'abandonner.

—Je préfère ma folie à ta raison. Si tu la voyais, belle, charmante, adorable, tu serais amoureux comme moi, ensorcelé, si tu veux, fou comme moi. L'amour n'est-il pas la plus délicieuse des magies, et les yeux de la femme qu'on aime ne versent-ils pas le plus enivrant des philtres? Oh! je t'en supplie!»

Le jeune poëte serrait les mains de son ami dans les siennes; Julien détournait la tête, refusant de l'écouter. En ce moment un pas précipité se fit entendre, la porte s'ouvrit et le pêcheur Pagano entra, ruisselant de sueur, couvert de poussière.

«Voulez-vous me suivre immédiatement?»

Les deux jeunes gens le regardaient, étonnés de cette brusque apparition.

«Vous n'avez pas peur, n'est-ce pas?

—Explique-toi, Pagano; que veux-tu dire?»

Le pêcheur, se tournant vers la fenêtre, désigna du doigt le ciel.

«Vous voyez ce ciel bleu, ce soleil éblouissant?

—Eh bien?

—Dans deux heures tout sera noir; dans trois heures la tempête éclatera avec furie.

—Et tu nous proposes de sortir par ce joli temps?

—Vous ne voulez donc plus voir les Sirènes?

—Tiens, c'est vrai, dit Julien en riant; j'avais complètement oublié ton histoire fantastique. Nous te suivrons où tu voudras, car je veux m'assurer du fait.

—Alors, en route: il n'y a pas de temps à perdre.

—Viens, Paul; tu seras en avance à ton rendez-vous; c'est exacte-
ment au même endroit, et au moins je serai là pour te secourir.

—Paul semblait hésiter, son ami le prit par le bras:

—Crains-tu les Sirènes?

—Tu vois bien que non.» Il montrait le billet.

«Oh! celle-là, tu ne la redoutes pas assez.

—Bah! partons, et que Proserpine nous protège!

—Qu'elle nous garde plutôt des embûches de ses chères compagnes!

—Elles ne sont pas si redoutables.»

Le pêcheur marchait devant eux d'un pas rapide, regardant parfois le ciel dont l'azur se plombait de tons gris, espèces de vapeurs
dégagées de la terre et de la mer: ils suivaient difficilement l'agile
Capriote à travers les chemins rocailleux et escarpés qu'il leur faisait
prendre pour raccourcir la distance. Quand ils eurent quitté la
route, ils entrèrent dans un sentier plus désert et plus sauvage encore: déjà une petite brise leur soufflait au visage, diminuant la
lourdeur de l'atmosphère et pénétrant dans leurs poumons avides
de fraîcheur. Enfin, après avoir souvent manqué de tomber, après
s'être déchirés à tous les buissons, piqués à tous les arbustes, ils
atteignirent l'escalier taillé en plein roc qui conduisait à la Petite
Marine, à la hutte du pêcheur.

En cet instant le soleil allait tomber dans la mer et se trouvait à
moitié caché par les pics de Procida, les escarpements d'Ischia; des
vapeurs roussâtres flottaient à l'horizon, noyant la ligne de la mer,
et quelques rayons lumineux accusaient encore leur transparence.
La base des rochers devenait plus sombre, avec de mystérieux ren-
foncements, des trous pleins d'ombre, des cavernes béantes, que
l'approche du soir faisait plus vastes et qui semblaient s'enfoncer au
cœur des falaises. Les hautes cimes, au contraire, brillaient d'un
éclat rouge, frappées obliquement par les dernières flèches du soleil.
La mer s'étendait, bleue comme le ciel, avec son horizon perdu dans
les brouillards.

Pagano les fit reposer quelques instants chez lui, leur donna
d'épais cabans de pêcheurs pour se défendre du froid et de la pluie

et les conduisit vers le rocher où ils devaient se poster. Ce bloc monstrueux, avançant un peu dans la mer, pouvait à la fois les abriter contre les vagues ou les rafales du vent et leur permettre de voir, sans être vus, tout ce qui se passerait sur la petite plage étendue au pied des falaises et contiguë à cette roche.

«Vous êtes bien résolus à voir et à entendre les Sirènes, leur dit encore le guide qui semblait hésiter à les laisser seuls avant d'avoir essayé une dernière fois de les détourner de leur dessein.

—Si tu as peur, Pagano, laisse-nous: viens seulement nous reprendre demain matin, nous te raconterons toute la conversation de ces dames.

—Adieu! Je retourne près de ma femme.

—Au revoir, Pagano.

—Au revoir, si la Madone vous protège! Personne n'en est revenu.» Et il fit un geste dubitatif.

«Bah! tu ne parviendras pas à nous effrayer; va te coucher mon ami, et bonne nuit!

—Je voudrais vous en souhaiter autant: mais tenez-vous ferme au rocher et surtout ne vous montrez pas: ce serait la mort!

—À demain.»

Ils restèrent seuls.

Julien riait encore des terreurs du guide, et, consultant des yeux le ciel et la mer, prenait ses dispositions pour affronter la tempête en choisissant une place dans les anfractuosités de la roche. Paul, rêveur, immobile, regardait les trois fameux rochers, plongés à moitié dans la mer à une assez grande distance de la côte: sur le fond encore bleu et clair ils se détachaient, découpant leurs noires silhouettes.

Le soleil disparut; de grandes ombres envahirent la plage, toute la ligne des falaises, la mer et le ciel. En même temps, du sein des vapeurs brumeuses où se noyait l'horizon, et qui semblaient maintenant une masse indécise et ténébreuse, s'élevait comme un rideau noir montant rapidement dans le ciel: ce nuage allait rendre la nuit plus sombre encore.

Subitement aussi, la mer avait grossi; les vagues, plus longues, plus convulsives, fouettaient avec force en venant se jeter sur le rocher et une pluie d'écume tombait par instants sur les jeunes gens. À mesure que le gros temps augmentait, le fracas des galets sur la plage devenait assourdissant, les empêchant même de s'entendre; ils se contentaient d'observer, pendant que des rafales de vent leur balayaient la figure et qu'une poussière humide les inondait. Dans les cavernes de la côte le choc des vagues était terrible.

De toute la nature montait un grondement sourd, égal, grossissant de minute en minute, effrayant indice de ce qui allait se passer. Julien lui-même sentait une vague terreur secouer son cœur sceptique et, avec Paul, il se cramponnait au rocher, solidement arcbouté, regardant éperdument devant lui les trois rochers. On les distinguait parfaitement dans la pleine mer; seulement de noirs, ils étaient devenus gris, prenant une teinte en rapport avec ce qui les entourait, teinte claire en comparaison du ciel entièrement couvert par le nuage. Aux hurlements du vent, aux rugissements lointains de la mer, se joignait un roulement de tonnerre caché dans ces ténèbres. La tempête arrivait de partout; mais on pressentait qu'avant de se ruer elle préparait son élan, ramassait ses forces, contenant jusqu'au dernier instant sa fureur et sa violence, pour se déchaîner plus impétueuse, irrésistible.

Tout à coup, Paul et Julien se serrèrent la main et se regardèrent sans dire un mot, une vague lueur leur permettant encore de voir leurs visages: ils étaient pâles et atterrés.

En face d'eux, aussi loin qu'ils pouvaient plonger leurs regards, plus rien, rien que le tumulte des flots, rien que l'écume balancée sur la crête des vagues et s'avançant sous la folle impulsion du vent; plus de rochers, la mer est vide, l'horizon désert.—Par un inconcevable prodige, puisque leurs yeux n'ont pas quitté une minute les trois formes grisâtres, les Sirènes ont disparu: elles ont comme fondu dans la mer, et la vague se creuse en vain à l'endroit qu'elles occupaient.

Le peintre ne veut cependant pas être le jouet d'une illusion; il s'accroche des deux mains aux aspérités du rocher, se dresse malgré la fureur du vent et regarde avidement. Son œil se fatigue dans une vaine recherche, les trois rochers sont invisibles comme si une rafale les eût emportés. Julien reprend son poste, étrangement préoccupé de cette disparition.

Tout est noir: la tempête se déchaîne farouche, la vague bat le rivage, et des colonnes d'écume rejaillissent, semblables à une fumée enlevée par le vent. Cependant il n'y a ni pluie, ni éclairs; le roulement du tonnerre répond seul au tapage grandiose de la mer. A moitié aveuglés dans leur refuge, étourdis par ce vacarme, les deux amis ne peuvent plus rien voir autour d'eux: les ténèbres sont devenues complètes.

Au bout d'un instant Paul frappe sur l'épaule de Julien; de la main il lui montre la mer, visible de nouveau, grâce à une phosphorescence provenant de l'électricité répandue dans l'air, tandis que les rochers gardent leur obscurité profonde; leurs yeux voient alors un phénomène incroyable.

Dans la haute mer, les vagues montent les unes par-dessus les autres; elles se poursuivent, se heurtent, se roulent comme dans une lutte continuelle, avec des remous vertigineux, avec de furieuses convulsions: tout semble bouillonner et se confondre. Mais, au milieu de l'écume neigeuse, au centre de ce tourbillon, des formes humaines glissent, disparaissent, reviennent, tantôt perdues dans les blancs flocons à la crête du flot, tantôt visibles dans le creux de la vague. Cependant la tempête n'est plus aussi bruyante, et le vent, au lieu de siffler d'une façon sauvage et désordonnée, souffle comme dans des cordes harmonieuses; une clarté blafarde s'élève de la mer, laissant les côtes dans l'ombre, et, fait certain, presque palpable, au sein de cette clarté, des corps blancs et souples, des corps de femmes aux ondulations charmantes montent et descendent dans la vague, s'abandonnant au mouvement de la marée.

Ils regardent interdits, croyant à un mirage, et se frottent les yeux. Paul ne respire plus; une flamme extraordinaire aux yeux, les lèvres ouvertes, les bras tendus vers la fantastique apparition, il crie:

«Les Sirènes!»

Julien lui-même subit le charme et ne peut détacher ses yeux de l'incroyable et dangereux spectacle.

Le tumulte de la nature s'apaise, s'effaçant peu à peu; les vagues s'élèvent moins haut, roulent moins furieuses, tandis que les corps blancs glissent sur les eaux profondes et se rapprochent du rivage. Plus de grondements menaçants au ciel, plus de rugissements dans l'air, plus de hurlements dans la mer; le tapage des galets cesse de lui-même, l'écume vole plus doucement sur les roches, et les grottes sous-marines diminuent leurs rauques mugissements, échos redoutables de la tempête.

Les charmeuses avancent toujours vers la petite plage, paisible maintenant, et cette lueur qui les fait voir semble naître de leurs corps; en même temps des sons harmonieux montent dans l'air avec une majestueuse cadence, quelque chose de bizarre et de mélodieux à la fois. Tout se tait pour mieux écouter; un concert inouï retentit: ce sont les Sirènes qui chantent. L'une s'accompagne d'une lyre, dont les cordes paraissent rouges sur la blancheur de l'ivoire; la seconde souffle dans une double flûte; la troisième chante. C'est un air simple et languissant, se soutenant toujours à la dernière octave avec cinq notes qui reviennent régulièrement comme dans l'ancienne musique grecque, peut-être une cantilène, composée en l'honneur de Cérès et chantée aux fêtes d'Éleusis.

L'étrange mélopée se traîne comme un chant d'oiseau, grandit et s'enfle comme une clameur d'épouvante, pour mourir de nouveau en sons doux et lugubres; chaque fois que les cordes se tendent et résonnent, on croirait entendre un gémissement; la double flûte redit une plainte. Ce concert, où se mêlent la terreur et l'harmonie, la mort et le charme, pénètre par tous les pores, s'introduisant en vous avec une terrible puissance.

Comme dans le récit d'Homère, le vent s'apaise, un calme profond succède à la tempête, et une divinité assoupit les flots; une accalmie surnaturelle pèse sur la mer, dont les vagues viennent battre avec une certaine cadence la plage et les rochers; leur bruissement régulier accompagne le chant des Sirènes, et le vent, soufflant avec douceur, traverse les cordes de la lyre et jette dans l'air une note éolienne.

Une dernière lame les pousse au rivage; elles glissent doucement au milieu d'une gerbe d'écume et viennent s'étendre sur la plage.

Les deux amis, se dissimulant soigneusement derrière le rocher qui les cache, regardent stupéfaits: ils sentent qu'un danger terrible est là tout près d'eux et que la moindre imprudence les perdrait.

Quels sont les profanes qui ont donné aux Sirènes des corps d'oiseaux, des ailes et des griffes, en souvenir de leur transformation lors de l'enlèvement de Proserpine? Quels sont les impies qui les représentent terminées en queues de poisson? Julien et Paul ont devant eux des femmes charmantes, des corps d'une exquise beauté, et non des monstres.

Elles s'étendent gracieuses sur le sable, dessinant leurs contours parfaits sur le fond plus sombre des rochers: leurs chairs diaphanes ont la transparence nacrée des anémones de mer, la pulpe brillante des méduses aux tons phosphorescents, et, s'harmonisant avec cette blancheur de leur peau, des cheveux longs et fins, semblables à des algues marines, se répandent en masses épaisses autour d'elles. — Assises, à moitié couchées, elles caressent de la main leurs chevelures humides encore des baisers de la vague et forment un demi-cercle vis-à-vis de la mer: devant elles l'immensité se perdant à l'horizon dans les ténèbres; derrière, la nuit profonde et les jeunes gens palpitants d'horreur et d'admiration, émus de curiosité et de crainte, qui osent à peine regarder à travers les interstices de la roche le visage des perfides enchanteresses.

La lyre résonne, portant le frisson, éveillant la terreur dans l'âme et dans le corps des indiscrets aux écoutes: ils regardent avec effroi le terrible instrument manié par la Sirène. Les cordes rouges semblent saigner: ce sont des fibres humaines, et elles disent les dernières imprécations des naufragés, les plaintes des mourants, leurs suprêmes adieux à la vie; puis la double flûte, débris humain longtemps roulé par les vagues profondes, lance un cri de mort, le cri de désespoir du malheureux qui se sent perdu; elle mêle ses sons aigus ou monotones, sinistres ou enchanteurs, aux harmonieux accents de la lyre. Le charme est effrayant et la mort a une terrible attraction. Tout à coup la troisième sirène joint sa voix aux instruments de ses compagnes; un chant alterné, où les trois charmeuses se répondent tour à tour, s'élève et s'abaisse, suivant les modulations de la flûte, selon les vibrations presque humaines et frissonnantes de la lyre aux fibres rouges.

«Mes sœurs, mes sœurs, que venons-nous faire encore sur cette plage ingrate? N'est-ce pas assez souffrir, depuis le jour fatal où l'impitoyable et fallacieux Ulysse échappa à nos pièges en bravant nos chants? Qui peut nous écouter? Quel mortel ose nous entendre? Répondez-moi, Parthénope! Pisinoé, répondez-moi!

PARTHÉNOPE. — Pourquoi gémir, Thelxiépie, pourquoi transformer en une plainte amère et désespérée nos chants autrefois si doux? Oui, le Grec rusé a fui, et de désespoir nous nous sommes précipitées dans la mer; oui, il a pu revoir Ithaque et Pénélope, grâce aux conseils de la magicienne Circé! Mais les hommes avaient assez souffert de notre présence dans ces eaux charmantes et les ossements, semés sur les sables sous-marins marquent nos succès. Interrogez les branches brillantes du corail et les cadavres qu'ils ont retenus au fond de l'abîme! Comptez les crânes qui servent maintenant de refuges aux poissons et de jouets aux monstres de la mer? Notre orgueil ne doit-il pas être satisfait de semblables holocaustes?

PISINOÉ. — Tu as lieu d'être orgueilleuse, ô Parthénope; tu es de nous toutes la seule glorieuse! Les mortels ont perpétué ton souvenir et vénéré ta mémoire en te dédiant une ville, la plus gaie, la plus heureuse, la plus illustre de ces rivages délicieux: Parthénope, Naples, tu vis toujours, éternellement couchée au fond de ce golfe aimé, dont les eaux bleues viennent sans cesse baiser tes pieds et les caresser doucement. En face, le Vésuve lui-même te respecte, n'osant attaquer ta divinité! Nous, infortunées, que sommes-nous deyenues? A peine quelques poëtes parlent-ils de nous!

THELXIÉPIE. — Ils ne nous ont jamais vues; leurs vers menteurs nous donnent une forme repoussante; est-ce là notre immortalité?

PARTHÉNOPE. — Ils connaissaient le danger de notre rencontre; quel mortel audacieux peut nous éviter s'il écoute nos voix et goûte nos chants? Pas un pêcheur n'ose s'aventurer du côté des Sirènes, quand gronde la tempête et que la vague se gonfle, roulant nos corps dans ses bouillonnements!

PISINOÉ. — Malheureuses filles d'Achéloüs et de Calliope! tristes compagnes de Proserpine, que sommes-nous devenues après l'accomplissement du terrible oracle? Hélas! hélas! à peine de temps à autre avons-nous le droit de nous montrer, de reprendre notre forme humaine; rochers muets et éternels que bat la vague, que couvre l'écume, nous n'arrêtons plus les vaisseaux et les barques nous évitent!

THELXIÉPIE.—Nos chants ne sont plus que le grondement du flot dans les cavernes et le choc des lames irritées; notre harmonie, c'est la tempête!

PARTHÉNOPE.—Accusez le seul Ulysse de notre sort malheureux; et cependant, sans la cire épaisse qui fermait les oreilles de ses compagnons à nos chants, sans les liens qui le retenaient au mât du navire, il eût succombé comme les autres, enivré par nos accents.

PISINOÉ.—Hélas! en vain lui chantions-nous: «Viens à nous, glorieux Ulysse, honneur de la Grèce; arrête ton navire afin d'entendre notre voix. Jamais on ne passe outre, avec un vaisseau, avant d'avoir écoute les doux chants qui s'échappent de nos lèvres. Puis l'on s'éloigne transporté de plaisir et sachant bien plus de choses. Nous n'ignorons rien de ce que les Grecs et les Troyens ont souffert dans les vastes plaines d'Ilion; par la volonté des dieux nous sommes instruites de tout ce qui arrive sur la terre fertile!

THELXIÉPIE.—Que nous servait de chanter et de faire entendre nos belles voix! En vain son cœur brûlait-il de nous écouter, en vain ordonnait-il à ses compagnons de le détacher et de rompre ses liens; ceux-ci font force de rames, tandis que deux d'entre eux, Euryloque et Périmède se lèvent et le chargent de nouvelles cordes. Tout s'éloigne, le navire fuit, disparaît, et nous sommes condamnées à disparaître, pour accomplir l'oracle qui disait que nous devions périr si un seul vaisseau passait près de nous sans se laisser charmer!»

Le chant harmonieux continuait, chaque Sirène lançant dans les airs une phrase mélodieuse, parfois plaintive et touchante, parfois irritée, tandis que la lyre résonnait toujours et que par moments la flûte reprenait un motif doux et languissant, servant de refrain.

Une émotion tendre baignait l'âme des jeunes gens, qui sentaient l'harmonie les envelopper de ses flots enchanteurs. Touchés, pénétrés jusque dans les fibres les plus intimes du cœur, ils compatissaient au malheur des Sirènes, se laissant attendrir par leurs plaintes et leurs regrets; ce charme dangereux les enivrait, sans qu'ils pussent s'y soustraire.

Soudain, d'un angle du rocher, une voix nouvelle vient se joindre à celles des trois Sirènes.

«Mes sœurs, mes sœurs, pourquoi m'avoir oubliée si longtemps? J'avais l'ardent désir de vous revoir, et, chaque fois que la tempête remuait les vagues immenses, cette plage retentissait de mes prières.»

Une femme s'avance, n'ayant d'autre voile à sa merveilleuse nudité que les cheveux noirs tombant jusqu'à ses pieds. La stupéfaction ôte la voix aux jeunes gens et pèse de tout son poids sur eux, paralysant leurs langues et leurs mouvements, quand ils reconnaissent la jeune fille dont Pagano leur a raconté l'histoire.

Plus belle encore débarrassée de ses grossiers vêtements, elle s'avance vers les Sirènes à mesure que les paroles s'échappent de sa bouche avec une délicieuse mélodie. Rien ne cache les formes pures de son corps, aussi blanc, aussi parfait que celui de ses sœurs; dans ses cheveux, au-dessus du front, brille d'un éclat curieux la pierre verdâtre en forme de scarabée, parfois vue par Paul Maresmes à cette même place sur la tête de Giovanna. Le poëte y voit comme une révélation de la nature mystérieuse de la jeune Capriote et de sa transformation en fille de la terre, le scarabée égyptien étant, dans les croyances hiératiques, le symbole de la génération céleste qui fait regermer le défunt dans une nouvelle vie; par une secrète incubation il a été donné à la Sirène de revivre sous la forme de Giovanna.

Toutes trois se sont levées sur la plage pour recevoir la nouvelle venue.

«Aglaophone! Aglaophone, reviens avec nous!»

Mais, tandis que Julien immobile, écrasé par une fascination plus puissante que sa volonté, ne peut rien dire et demeure incapable de bouger, un transport fougueux, une exaltation surhumaine, s'emparent de Paul Maresmes. Transfiguré, les yeux rayonnants d'un bonheur immense, soulevé par une force irrésistible, il se dresse, oublieux du danger, méprisant toute précaution; l'amour seul le possède et il dépasse de son corps entier la ligne sombre du rocher.

«Giovanna! Giovanna! est-ce bien toi?»

La Sirène se tourne alors vers le jeune poëte, lui tendant les bras et l'enivrant de son plus délicieux sourire.

«Viens, mon bien-aimé! Viens vite! Je suis fidèle au rendez-vous!»

Julien, glacé de terreur, voudrait en vain le retenir: Paul escalade rapidement le rocher, saute sur la plage et court à l'enchanteresse. Le jeune homme presse Giovanna dans ses bras, les Sirènes l'entourent, leurs chants harmonieux se changent en hymne de triomphe et une cruelle expression de haine satisfaite illumine leurs traits; les lèvres de Paul et celles de la Sirène se joignent dans un suprême et délirant baiser!

* * * * *

La tempête éclate furieuse; la nature est bouleversée de nouveau. Le vent souffle avec rage, le tonnerre gronde, les vagues écument, s'amoncellent, tourbillonnent monstrueusement; des jets de feu crèvent les nuages et la pluie s'abat comme une inondation, confondant le ciel et la mer; des éclats terribles vont se heurter à tous les échos du rivage, pendant que des montagnes d'eau s'avancent mugissantes et s'écrasent avec des flots d'écume sur le rocher auquel se cramponne désespérément Julien Danoux. Bientôt il n'a plus le sentiment de rien; ses ongles crispés le retiennent aux pointes du rocher, ses pieds sont arc-boutés contre la pierre aussi solidement que s'il faisait corps avec elle; tout se confond dans son esprit, il ne pense plus, ne voit plus et croit mourir, au milieu du tumulte épouvantable qui convulsionne tout autour de lui.

Les lueurs blafardes de l'aube, après cette nuit horrible, éclairèrent un corps étendu sur le rocher et semblable à un cadavre, sinistre épave de quelque naufrage; c'était le jeune peintre. Ses membres raidis, glacés par l'eau, ne pouvaient se détendre; et, le cœur serré d'une immense épouvante, le cerveau plein d'une angoisse mortelle, sans bouger, n'ayant la force de remuer ni les bras ni les jambes, Julien, les yeux grands ouverts, regardait avec une affreuse fixité devant lui. Sur la plage, la vague encore irritée venait seule cracher son écume au milieu des galets, et, au loin dans la mer houleuse, sous le ciel sombre, se dressaient solitaires les trois rochers, noirs, muets, impassibles, effrayants! Rien que la mer: il restait seul en face d'un problème insoluble.

Au matin, Pagano le trouva dans cette position, inerte et sans forces; le pêcheur parvint à le tirer de cet engourdissement et Julien fut bientôt en état de se tenir debout, de marcher. Sa première question fut pour s'informer de Paul Maresmes.

«Je ne l'ai pas vu; il doit être encore avec vous», dit Pagano.

Julien, désespéré, se prit la tête à deux mains comme pour faire appel à sa raison et à son courage.

«Le malheureux! Pourquoi s'est-il levé? Pourquoi leur a-t-il parlé?

— A qui?

— Aux Sirènes.

— Vous les avez donc vues?»

Le pécheur se signa, reculant de quelques pas: «Nous les avons vues, et
Paul a marché vers elles.

— Que Dieu ait son âme!» Pagano tomba à genoux et murmura une prière.

Le peintre pleurait comme un enfant, brisé par cet effroyable événement; anéanti de douleur, il se laissa conduire machinalement, sans voir, sans penser, à la hutte du pêcheur. De temps en temps quelques mots, toujours les mêmes, sortaient de sa bouche:

«Paul! mon pauvre et cher Paul!»

Et les larmes coulaient, sans qu'il cherchât à les cacher, sur ses joues pâlies.

Le surlendemain seulement la tempête cessa complètement: une brise tiède avait chassé les nuages orageux, le soleil brillait comme lavé par la pluie, et les vagues avaient repris leurs molles ondulations, se frangeant à peine d'une légère écume qui mourait sans murmures sur la plage, en caressant les galets.

A la première heure du jour, dans une petite anse à sec, près de la hutte de Pagano, on retrouva le corps de Paul Maresmes: un sourire errait encore sur ses lèvres décolorées, et sa main crispée serrait convulsivement le scarabée de feldspath verdâtre qui se trouvait dans les cheveux de la jeune fille.

Julien, aidé de Pagano, recueillit pieusement les restes de son malheureux ami et les fit ensevelir sur la petite plage où il avait trouvé la mort.

Giovanna ne reparut jamais à Capri: les pécheurs de la Petite Marine disent qu'elle a rejoint ses sœurs.

En face de la tombe solitaire, plaque de marbre baignée par l'écume marine, les Sirènes se dressent sombres et menaçantes, immuables rochers qui brisent éternellement la vague.

CPSIA information can be obtained
at www.ICGtesting.com
Printed in the USA
BVOW06*1232231017
498406BV00010B/167/P